la courte échelle

Les éditions de la courte échelle inc.

Les éditions de la courte échelle inc.
5243, boul. Saint-Laurent
Montréal (Québec)
H2T 1S4

Conception graphique: Derome design inc.
Révision des textes: Lise Duquette

Dépôt légal, 3e trimestre 1995
Bibliothèque nationale du Québec

Données de catalogage avant publication (Canada)

Hébert, Marie-Francine

La petite fille qui détestait l'heure du dodo
(Il était une fois...; 1)

ISBN 2-89021-252-1

I. Sarrazin, Marisol. II. Titre. III. Collection: Il était une fois... (Montréal, Québec), 1.

PS8565.E2P47 1995 jC843'.54 C95-940873-8
PS9565.E2P47 1995
PZ23.H42Pe 1995

Texte de Marie-Francine Hébert
Illustrations de Marisol Sarrazin

La petite fille qui détestait l'heure du dodo

la courte échelle
Les éditions de la courte échelle inc.

Il était une fois une petite fille qui détestait l'heure du dodo. Chaque soir, c'était la même histoire. Elle faisait tout pour retarder le moment de se retrouver seule dans son lit.

«Maman, j'ai soif», se lamentait la fillette. La mère lui apportait à boire et lui donnait un tout dernier bisou. La petite fille en réclamait alors un tout dernier à son père, pour que le compte des bisous soit égal.

Là, elle ne laissait plus repartir son papa tant qu'il ne lui avait pas raconté une histoire. «Bonne nuit, mon ange», murmurait finalement le père en s'éloignant. La fillette se rappelait alors que sa maman ne l'avait pas bordée en lui chantant: «Bonne nuit, mon enfant. Dans tes langes, dors...» Et la mère devait revenir dans la chambre.

Elle n'était pas sitôt ressortie que l'enfant se plaignait de la chaleur, et le papa venait ouvrir la fenêtre. Ensuite, il faisait trop froid, et la maman ajoutait une couverture de laine. Et, inlassablement, la fillette répétait: «Je t'en prie, reste avec moi jusqu'à ce que je m'endorme.»

Un soir les parents, épuisés par une dure journée de travail, se mirent au lit dès que leur fille fut couchée. À peine avaient-ils posé la tête sur l'oreiller, qu'elle commença à gémir. «Fais dodo, ma chouette!» soupirèrent les parents. «Je ne m'endors pas, bon!» s'exclama la fillette entêtée. «Compte les moutons!» répliquèrent les parents à bout de patience.

«Quels moutons?» se demanda la petite fille en jetant un regard vers la fenêtre de sa chambre. Elle ne voyait même pas le ciel, tant il y avait d'édifices. Elle n'entendait rien d'autre que le roulement des voitures sur le boulevard tout près. Aucun mouton n'était assez imprudent pour s'y aventurer.

«Quels moutons!?» cria l'enfant. «Ferme les yeux et...» Les parents avaient si hâte de s'endormir dans les bras l'un de l'autre qu'ils ne prirent pas la peine de finir leur phrase.

La petite fille ne s'était jamais sentie aussi seule. Il faisait si noir. Et son lit lui semblait tellement grand qu'elle avait peur de se perdre dedans. Elle ferma les yeux, faute de mieux. Ho! surprise! une fenêtre apparut dans sa tête. Juste derrière ses paupières. On aurait dit la fenêtre de sa chambre, sauf qu'elle donnait sur la campagne.

Dans le ciel, la fillette pouvait voir le doux visage de la lune dans sa cape de velours noir piqué d'étoiles. Une étrange mélodie parvenait à ses oreilles. C'était la brise qui caressait le feuillage des arbres, comme s'il s'agissait d'un instrument de musique. L'air sentait bon le foin, les fleurs des champs et les framboisiers. La petite fille s'accouda à la fenêtre et inspira profondément. C'est alors que, dans la demi-obscurité, elle aperçut un pré couvert d'herbe fraîche, le mets préféré des moutons. Les petits coquins ne devaient pas être loin.

En moins de temps qu'il n'en faut pour le dire, des moutons sortirent tout joyeux de l'ombre et se mirent à brouter. Leur laine était blanche et frisée en tire-bouchon. De vrais moutons de rêve! Mais ainsi rassemblés pêle-mêle, il était impossible de les compter. La fillette frappa dans ses mains pour qu'ils se mettent en file: «Youhou, les amis... les amis...» Mais elle ne réussit qu'à attirer l'attention de ses parents qui demandèrent, à moitié endormis: «Tu ne dors pas encore, mon gros loup?»

Quand on parle du loup, on en voit la queue. Surtout si l'animal la laisse dépasser du framboisier derrière lequel il s'est caché. Pris de panique, les moutons se précipitèrent les uns contre les autres en bêlant à fendre l'âme: Bêê... Bêê... Car lorsqu'un loup a flairé la bonne odeur de petits moutons bien tendres, il n'a qu'une idée en tête: en croquer quelques-uns.

La petite fille tenta de le chasser avec de grands gestes de la main. Pischh! Pischh! Le loup, qui n'avait nullement l'intention de laisser échapper un tel festin, sortit de sa cachette et grogna GRRRRRRRR! en montrant la presque totalité de ses quarante-deux dents. Il était tout noir avec des oreilles pointues et de gros yeux jaunes qui brillaient dans la nuit, comme dans les pires cauchemars. Les moutons tremblaient si fort qu'on entendait leurs os claquer.

«Papa, maman, que dois-je dire au loup pour qu'il laisse les moutons tranquilles?» s'écria la fillette.

«Ça suffit, il est assez tard. Au dodo!» répondirent les parents, en s'empressant d'enfouir leur tête sous l'oreiller pour ne plus être dérangés dans leur sommeil. «Ça suffit, il est assez tard. Au dodo!» répéta l'enfant à l'intention du loup. «Je ne m'endors pas, bon!» s'exclama le loup entêté. La fillette ne pouvait tout de même pas lui conseiller de compter les moutons. SES moutons!

N'écoutant que son coeur, la petite sortit par la fenêtre et marcha en direction du loup. Elle sentait la fraîcheur humide du sol sous ses pieds nus et de grands frissons parcouraient son corps. Car elle avait beau faire semblant d'être courageuse, dans le fond, elle ne se sentait pas plus grosse qu'un bébé-mouton.

Tous les enfants ont peur des loups, c'est bien connu. Et le loup en question était sûr que la fillette ne faisait pas exception. Convaincu que cela suffirait à lui faire rebrousser chemin, l'animal lança un hurlement terrible: HOUHOUHOU! La petite fille s'arrêta net, blanche et tremblante de peur, comme le plus faible des bébés-moutons: «J'ai trop peur, je retourne chez moi.»

Les moutons savaient bien qu'ils seraient incapables de se défendre tout seuls, et ils tournèrent vers la fillette leurs yeux remplis de larmes.

«Je ne peux pas les abandonner ainsi», se dit l'enfant. «Tant pis pour mes parents si le loup me mange. Ils auraient dû savoir que lorsqu'on cherche des moutons, on risque de rencontrer le loup.» La petite fille leva les yeux au ciel, comme pour se donner le courage de continuer. C'est alors qu'elle crut voir la lune lui faire un clin d'oeil. L'instant d'après, un rayon de lune se trouva sur son chemin. Dès que la fillette le traversa, l'ombre géante de son corps fut projetée sur le pré.

Le loup a beau faire le fanfaron, dans le fond, il craint les humains. Surtout ceux qui ont le pouvoir de se transformer en géants. Terrifié, l'animal s'enfuit aussitôt, la queue entre les jambes.

Les moutons se pressèrent autour de celle qui venait de leur sauver la vie, et lui firent la fête, et la couvrirent de baisers. Ils se mirent à la file sans se faire prier: cela faisait tellement plaisir à leur nouvelle bergère.

Mais voilà que, juste avant de commencer à les compter, la fillette leur dit: «Ne bougez pas, mes chéris, attendez mon signal! Je vais vous compter de mon lit, car je ne voudrais pas tomber endormie au beau milieu du pré.» Puis, elle retourna à sa chambre, sans se préoccuper du loup. Les moutons, eux, savaient bien que le chenapan n'attendait que cela pour revenir.

La petite fille eut à peine le temps de se coucher, que les moutons, qui l'avaient suivie à la queue leu leu, sautèrent par la fenêtre et vinrent se blottir dans son lit. Ils n'eurent aucun mal à la convaincre que le meilleur moyen de s'endormir n'est pas de compter les moutons, mais de les inviter à dormir à la maison.

C'est ainsi que, bien en sécurité dans les bras les uns des autres, tout le monde s'endormit.

Achevé d'imprimer
sur les presses de Litho Acme Inc.